비록 구름의 시간

시작시인선 0298 비록 구름의 시간

1판 1쇄 펴낸날 2019년 7월 15일
지은이 박수빈
펴낸이 이재무
책임편집 박은정
편집디자인 민성돈, 장덕진
펴낸곳 (주)천년의시작
등록번호 제301-2012-033호
등록일자 2006년 1월 10일
주소 (03132) 서울시 종로구 삼일대로32길 36 운현신화타워 502호
전화 02-723-8668
팩스 02-723-8630
홈페이지 www.poempoem.com
이메일 poemsijak@hanmail.net

ⓒ박수빈, 2019, printed in Seoul, Korea

ISBN 978-89-6021-437-8 04810
      978-89-6021-069-1 04810(세트)

값 10,000원

비록 구름의 시간

박수빈

천년의시작

시인의 말

나는 골목
전봇대의 새와
머리 빗는 나무와
맛있는 바람과
신발 끈 고쳐 매는 사연과
2019년 장마

차 례

시인의 말

제1부

제1부

구름의 시간

　빵 냄새가 나요 아니 꽃이 뭉개지고 있어요 아니 삐죽한 암술이 고양이 수염을 닮았네요 야옹 소리 들리지 않아 얌전한 부뚜막인 줄 알았죠 어디서 칼과 도마가 나타났을까요 머리와 꼬리가 잘려 나가고 번지는 핏빛 개와 늑대의 시간 불그스름한 치마 속 가랑이가 부풀어요 목소리도 바뀌어 쇠고기 사주세요 자주 바뀌는 낮, 낮이 환해 밤은 득시글하죠 안심스테이크 안심되나요 와인과 달빛을 오려서 붙여 넣으면 쥐도 새도 모르나요 그림자들이 마스크를 쓴 짐승처럼 엎드려요 이 풍경에서 나만 사라지면 될까요 너무 멀지 않고 너무 가깝지 않은 거리는 얼마쯤인지 하늘은 다 지켜보고 있지요 말의 화살이 심장을 통과해 알 수 없는 곳으로 뒹굴어요 믹서기에 몸이 끼는 거 같아요 후두두위이이 빗발치는데 칫솔질을 하고 나는 입을 다물어요 다물어요 입을

무화과

주홍 글, 씨들을 먹는다

무슨 죄가 이리 둥글까

비가 오지 않는 생이 더 달달해졌나

죄의 씨앗으로 잉태된 것이 아니라

새를 어루만진 몸이 가려워

휘파람에 열매는 꽃을 품고

날 선 말들의 속죄양 주홍 글, 씨

뱀의 혀들이 담을 넘는다

언어의 발기부전

끈적한 저 핏빛

나비, 행간을 날다

오장환을 읽다가 그의 남만서점을 찾아간다 누런 주전자에 막걸리를 담아 터덜거리며 간다 목을 축일 때마다 닥지닥지한 골목 점집 목욕탕 구두 수선집들이 어깨를 비틀거린다

책방 문을 열면 검은 문장들이 반긴다 책꽂이에 쌓인 활자들도 관절을 꺾으며 마귀야 땅에 끌리는 네 검은 옷자락으로 나를 데려가거라 늙어지는 밤이 더욱 다가들어 철책 안 짐승이 운다[*]

얼마나 찢고 싶었을까 부르튼 입술, 눈물의 탄원서, 깃발처럼 흔드는 꼬리들, 손을 내민다 허공에 파닥거린다 날개는 겨드랑이에 풍기는 지린내의 내력들

눈동자에 어리는 나비
손을 뻗지만 저 멀리 창백한 달

[*] 오장환의 시 「헌사」에서 인용.

꽃무릇

푸른 촛대에 불꽃들이 일렁인다
이루고 싶은 간절한 기원들

관계란 없을 때 비로소 의미를 지닌다
바람 불고 비에 젖으며
사라진 당신을 향해 물이 오른다

꽃은 무릇 뒤척이는 몸속의 길

뒤늦은 당신의 그림자에 내 눈이 불타고
눈에 닿은 기억이 번진다

기쁘거나 슬프거나 타들어 가는 이 세상은 불난 집

일생을 숨바꼭질하면서
길고양이처럼 울며 피 흘리는 숨결들

컷

오늘도 기꺼이 죽으러 가는 어둑새벽
지퍼를 목까지 올린 점퍼 안으로 별이 떨어진다
현관의 여러 켤레들이 고린내를 풍기며
내딛는 엄지 끝에 무게가 실린다

총 맞아 죽고
칼 맞아 죽고
차에 치여 죽고
살기 위해 최선을 다해 죽는다

뒤통수만 보이고 없는 목소리
컴퓨터 그래픽보다 완벽히
와이어에 거꾸로

낙엽처럼 스러진다

급기야 불길이 번지고 무너지는 천장
매캐한 연기, 기침들

아니, 다시 갑시다!

여보게 웃게

옆으로가 앞으로인가
여보게 웃게

어디나 갈 수 있고 어디도 갈 수 없어
죽어서도 우리는 표류자
비린내를 전파하지

밥상이어서 거룩하다
누군가 살점을 먼저 집어간다
집게발은 가위처럼 위험하고
잡으려면 미끄러지는 감정

마른 혀가 구차할수록 거품을 문다
타인의 살은 왜 이리 맛있나
김 씨를 씹고 박 부장을 씹고 나도 씹히며
너도 나도 오독오독誤讀誤讀

발설하지 못하는 공복이 빠드득
여보게 웃게

찰진 결핍이 달빛을 머금고
조금과 사리를 오가는 속내도 있다
은밀한 부위에 닿자 소름이 돋는다

애간장은 그믐의 점괘
뼛속 깊이 발라지는 사랑
엎드려 울기에 단단한 등을 지녔다

씹다 뱉어낸 바닥에 형체 잃는 사지들
치부를 본다

닭발단풍잎

비가 나무를 안아준다
다들 어디로 가고 토르소

구부정한 그림자들
금이 간 뒤꿈치마다 빗소리가 새겨져 있다

어지러운 행간 너머
홧홧거리는 모래알
허기를 물리치지 못하면 고독도 멈추기 어렵다

공원 귀퉁이 밥차에서 따끈한 김이 몽글거린다
피어오르는 냄새
헤쳐 모여 줄을 서는 식판들

김치와 콩자반 콕콕 쪼며
허공을 보다가 파닥

닭발 한 잎 식판에 내려앉는다

고양이의 입구

희망은 자주 거짓말을 한다
커튼이 흩날린다 네 소식이 묻어있다
그 곁의 고양이 울음과 눈빛
내 마음도 잉잉하게 차오른다

고양이를 지우면 네가 다가온다
그려지는 너는 짝눈
혈관을 타고 오르는 피톨
전생처럼 머리카락과 먼지가 엉켜있는 숨결
몸을 돌고 돌아 손톱과 발톱이 겹쳐진다

바람의 혀들
빗방울의 음계들이 더듬거린다
솔기를 빨고 싶은 여미한 눈빛

공기가 차고 숨이 차고
너는 가슴 밑바닥의 상처

첼로를 켠다
없는 것이 많아 가벼운 새들이
진공으로
음악으로 날아오른다

안녕, 태양주의

　이태원 거리는 어때요? 장날 아니고 동물원도 아닌데 신호등이 바뀌자 닭처럼 구시렁구시렁 되똥되똥 후다닥

　무릎 나온 청바지에서 모래가 흘러내려요 오토바이의 동그라미 옆에 채송화가 징징대자 솜사탕이 몽실거리고 눈이 부신 당신쯤이야 하면서 구름으로 된 의자에 앉아 어기야 둥둥

　호랑이만 한 건물은 욕망의 탑인가요 으르렁거리는 속내에 꽃망울이 멍울져요

　당신을 등지고 제각각의 피부색과 말이 오가요 달리고픈 말의 갈기를 상상해 봅니다 바람을 가르는 이마 가득 이리 눕고 저리 눕는 풀 냄새

　향료와 음식마저 제멋대로라서 제맛 아닌가요 학교에서는 왜 자꾸 해바라기를 심고 보도는 블록인지, 악마의 입처럼 재단 가위가 씨익, 큰 옷 파는 가게들이 널려 있어요

　나는 나귀의 혼종일지 몰라요 오늘도 터벅터벅 덫에 걸린

우리, 횡단보도에서도 금을 밟을까 봐

미장원 바닥에 떨어진 머리카락 같은 나

몇 번 출구라고요? 계절이 깊어가면서 뒷골목이 활기찬
여기는

스카프

바람에 사부작사부작 나는 기분
분홍이든 푸르든 붉다 싶으면 다시 보라
볼 터치 터치 블라우스에 연출해 볼까

화나거나 슬퍼도 스카프
혼자 있을 때 더욱 스카프
애인처럼 만진다 묶는다 돌린다 맨다

꽃무늬 체크 물 방울방울
목줄을 죄었다가 풀면서
천 개의 스카프 천 개의 나를 키운다

낙하산 얼룩진 무늬
권력에 비굴한 나
이 모양 이 꼴 이건 아니지
목울대 올라올 때 스카프가 나를 감싼다

스킨십이 좋아 스카프
잘못 끼워진 단추 같은 말들에 비비는 촉감
맵시 나는 스카프

스카프 발음하면 속옷의 보색처럼 허전한 자락에 추임새
담담하게 때론 도발적으로 그대가 스카프라면

내 생일 다가오는 거 알지?

석류

붉게 벌어지는 저 입을 악어라고 부르는 순간
석류는 비로소 석류라는 이름에서 벗어난다

빤질한 아가리가 되려고
내 안에 자라는 늪을 향해
밤이면 달빛을 베어 먹는 악어
목구멍을 조여와 달빛이 일렁거려

토해지는 이빨들은 냄새나는 주검처럼 박힌 못들
어떻게 살아 펄떡이는 말들이 되나
둥근 감촉 알알이 맺힌
핏빛 惡, 惡, 語들

턱관절을 벙긋할 때 잇몸이 으악
세상의 질서란 똑같은 발성으로 일제히 따라하는 으악

석류라고 쓰고 석양이라고 읽을 수도 있다
석유 냄새 미끄러질 때
날개는 돋치고 의미는 규정하지 않는다

더러 죽고 더러 깃털 흩어지지만
악어는 눈물을 흘리지 않는다

악어들이 덤벼든다 으아악

텅 빈 액자를 노래함

여승과 반백의 사내가 마주 앉는다

거푸 술잔을 비우며 사내가
북장단에 맞춰
지리산에 오시려거든 아무나 오시지 마시고 세석평전의
철쭉꽃 길을 따라
짓이겨진 풀 냄새가 난다

들판을 건너온 바람의 이파리들 깃털처럼 아우성치고
온몸이 푸른 발굽 소리

등을 보이는 승복이나
목을 빼는 사내나
통증을 빼고 화사한 꽃 그림자를 노래할 수 없다

오랜 벽지를 배경으로 이마를 맞대던 시절들

내 안은 뜨겁지만 몸 밖으로 바람이 불고
꽃이 앓는 깊이

비가 점자처럼 더듬거린다

토마토가 몰려온다

삶은 계란 누가 먼저 먹을까
한 쌍이 가위바위보를 한다

딱, 여자에게 멍울이 맺힌다
다시 내기, 이번에는 여자가 팍

드레스와 행진곡에
둘은 팔짱을 끼고 입장했을 것이다
열쇠 번호에 발목이 붙들려
발 딛는 곳마다 뜨거운 찜질방

흐르는 땀이 수건 한 장으로 모자랄 때
질끈 동여매면서 주거니 받거니 퍽, 탁

둘이 더 이상 둘이 아닐 때까지
한숨이 둘을 갈라놓을 때까지

가슴을 친다
벌게지고 짓물러 간다

뒤집고 싶은 모래시계 어디 있지?

생수는?

사물함 몇 번이더라?

무엇이 꽃을 피우나

안스리움은 붉은 심장을 꺼내어 밖에 달고 있다
나비가 날아간 헛꽃에 귀뚜라미가 운다

내가 꽃이라 부른 것은 문밖의 눈사람

너를 사랑해, 라고 문고리 흔드는 바람, 어긋난 뼈마디
의 통증

내가 시라고 여기던 플랫폼
길이라고 여기던 것도 매번 놓치는 기차

#과 b처럼 불러 모은 조연들
물구나무선 물컵, 절벽에 묶인 구두끈, 석류알 같은 방
안의 가족들, 앙코르와트의 바위를 뚫고 자란 스펑나무의
우로보로스 우로보로스

문밖에서 굵은 기둥으로 서서 나를 기다리는 바람

제2부

월하정인月下情人

골목에 흩날리는 어스름 무늬
포도줏빛 창가의 커튼
실루엣이 미끄럼을 탄다

올이 풀려나가듯 스윽 달궈지는 무릎과 무릎
옷자락 스치며 여러 겹의 달빛이 어룽진다

숨소리에 떨어져 구르는 단추
주머니에 넣고

빗겨 간 구름의 젖은 살냄새
청포묵처럼 투명하고 말랑한 입안에 녹아 흐르는 개여울
물고기의 냄새

등을 내린
늪 위로 낭창한 계수나무 금빛 꽃가루
여윈 보름달 한 입 베어 물면
귀퉁이 떨어져 나가는 가지

앉아있던 새들이 불타오른다

불꽃, 저 어둠 속 방향들

블랙 스완

날 때부터 나는 세상의 그림자
백조들 앞만 보고 둥둥 떠가는 시대에
아플 수 있는 나는 어둠의 벗, 능력자

무대 밖을 보려다가 먹통이 되거나
딱딱한 목소리들이 오른쪽으로 끌고 가지만
혐오하느라 외롭지 않아

나를 보는 시선에 똑바로 대응하며
가려운 죽지
턴아웃

뛰어오르면 이스트 부푸는 빵처럼 꽃이 필까

꽃보다 우울한 것은 없지
내게 장미는 가시이거나 그늘
조화는 변할 때만 이루어지는 세계

나에게 파드되*는 없다
뒷모습이나 발아래 개의치 않고

오로지 응시하는 몸

천둥이 이빨을 드러내거나
부르튼 발을 신발에 맞추면 甲, 甲할 뿐
오래 앓은 어둠 덕분
내일은 사라지고 어제가 가벼운 나는 어둠의 벗, 능력자

마트료시카처럼 허… 위… 허… 위…
마스카라가 겹겹이 흘러내린다

* 파드되pas de deux: 발레에서 두 사람이 추는 춤.

여시아문如是我聞*

꽃잎을 줍는다 고통이 피어있다
내려놓은 꽃잎들은 틀에 갇히지 않는다
흩날리는 벚꽃 송이들이 편의점을 밝히고 있다
공양미 삼백 석이 차려진 듯 치마폭이 펼쳐지고
소복의 심청이들
더할 나위 없이 물결 지는 고봉의 꽃밥들
꽃은 나무의 환청
밥과 꽃 사이 간절한 기도 있었을 것이다
내 안으로 경들이 떨어져 내린다
부처는 천이백오십의 비구들과 걸식하고 발우와 가사를
거두고 발을 씻는다
이 문장으로 금강경은
현실에 발을 딛으라고
거친 몸에 꽃을 피우라고
꽃잎 밖은 낭떠러지
일상에 함몰되는 나는 난청 난시

내 안으로 경들이 떨어져 내린다

* 여시아문如是我聞: '이와 같이 나는 들었다'는 뜻으로 불경의 첫머리
  에 부처님 말씀을 전할 때 사용된다.

38

해변의 기울기

파도는 내 발목을 적시는데
저쪽을 보는 당신
등진 그림자 안으로 손을 뻗지만
칼로 그은 수평선
백사장에 새겨진 발자국들
해당화 군락지를 걸으며
문득 우리가 여기 오기 전부터
바다 있었지
꽃도 피었지
첫눈이 언제 내렸는지
도깨비바늘이 언제 옷자락에 붙어 왔는지
물과 뭍의 경계에서
우리의 풍경은 위험하고 아늑해
어떻게 저 너머에 이르는가
밀려오고
부서지고
쓸려 가는 흰 갈기와 검푸른 말발굽들이
길을 잃은 시간의 등을 후려친다

수심

저수지의 부들이 부들거린다
달빛 아래 사내가 떠오른다
이삿날, 헐거운 세간 대신 방 안에 가득하던 달빛
밥상 겸 책상을 비추던 달빛
터덜터덜 귀갓길의 순대 한 봉지에도 동행하던 달빛
배낭을 열면 루어*들이 뒹군다
달빛!
하고 부르면
그는 늪을 낚는 낚시꾼
고픈 배 채우지 못하는 낚싯대
호주머니 안에서 움켜쥐는
무성해진 잡초들 사이로 울음을 삼킨 그림자
소주를 털어 넣으며
암만, 몸만 건강하모
드라마 대사처럼 흉내를 내다가
왈칵, 원숭이를 토할 듯하다

* 루어lure: 인공으로 만든 가짜 미끼.

손톱달 혹은

눈동자만 내놓고 거대한 차도르를 덮어쓴 밤
차오르고 지워지는 관계를 떠올린다
나는 당신의 어느 편에서
달무리는 마술처럼 사라져도 사라진 게 아니다
우리는 서로의 사리와 조금
내가 사라질 때 당신은 환한 얼굴로 떠올라
없는 나를 옆에 두고 버젓이 둥근 사랑을 이룬다
내가 바람이나 구름이 되어도
당신은 세상 밖으로 드러나지 않아
사랑의 주변을 맴도는 일은 어둠의 벼랑
내 입은 하지 않은 말로 가득하고
몸에는 사람이 살지 않는다
눈 그늘의 수위
깊이를 알 수 없는 구멍
눈에 별을 새긴다
휘날리는 머리채
번져가는 무늬들

울고 싶을 때 당신은 어디에 가나요

오래된 극장은 먹구름을 삼켜요 낡은 가방이 비에 젖는군요. 선글라스 모자도 내려놓은 커플석. 옆은 생선구이로 유명한 집, 비린내가 스멀거리는 극장에는 꽃다방 미스 김의 콧소리, 팬티 런닝 하던 시절 뒤로 스타, bugs 광고를 하고 입구는 하나인데 출구는 나름이네요 고사리 장마 지고 피는 살갈퀴, 이어지는 골목들, 음향효과 없는 연출에 목이 말라요 안주 없이 소주를 마시면서 참 달다 대사를 반복하는군요 필름이 끊기지 않는 배우의 절제된 연기, 언덕이 드러나는 플롯들 어디서 본 것 같아요 넘겨지지 않는 숏들 습관을 따르고 모딜리아니 그림 속 여자의 목을 닮은 스텝롤, 뼈 없는 몸인 오래된 극장 바람도 쉬어 가는 오래된 극장

그늘의 왈츠

무도회가 찾아온다

작년의 드레스 다시 입어도 싱그러운 화음

꽃샘에 하늘하늘 우러른다

꽃잔디 민들레 제비꽃 꽃다지 쇠별꽃

소름이 돋으며 감정 노동을 하는 안색들

오래된 목련 나무가 내려다보고

평상은 비어있다

개 밥그릇도 비어있다

악장이 바뀌고

목련 꽃잎들 멍이 든다

애벌레는 꽃잎에 붙어

제 새끼처럼 젖을 먹이고

누렁이는 어슬렁거리고

구름을 갉아먹은 기척들이 물큰 돋는다

빙그르르

열두 시 방향으로 드러눕는 그림자

상자에서 달빛 냄새가 난다

싱싱한 바다가 도착했다
톱밥 담긴 스티로폼이 유골함을 닮았다

딱딱한 껍데기의 아버지
집게로 구멍을 키우는 아버지
내 발가락은 옆으로 옆으로

사타구니에서 머리카락이 자라는 밤이면
나는 웅크리며 붉게 물들곤 했다

수취인 나는 까막눈, 귀도 지운

아버지를 안치할 때도 저런 갯벌 한 상자

애야, 문 열어라

소금 같은 싸락눈이 내린다

묵사발

칼질마저 부드러운 당신

햇살 아래 푸른 잎과 아람의 기억
굴러온 상처들
나는 나를 끊어버린 지 오래입니다

한 점 들어 올릴 때
미끄러지는 당신은 번번이 놓치는 사랑

우리는 녹아 흐르는 눈꺼풀
허공의 젖은 손
돋아나는 깨알 같은 별들

식탁의 끝을 오래 바라봅니다
나는 왜 거무튀튀하죠?

56억 7천만 년의 물컹한 찰나

뱅쇼*

꽃은 어느 방향으로 무르익나
세상 사람들 모 아니면 도라 할 때 당신과 나는 백, 도
이 문장을 떠올리면 4월에도 눈이 내린다
세상아 돌을 던져라
얼굴 으깨지며 마주한 당신은 맨발의 눈사람

말을 삼가고 당신을 삼키면
미끄러지던 사람들 더욱 멀어지고
당신의 잘린 팔다리에 고인 피
그럼에도 내 머리카락을
쓰다듬는다
꽃잎처럼 다리를 포개며
나눠 마신 한 모금은 타오르는 불꽃
차가운 입술이 녹는 시간들

누구도 내일을 모르지만
붉은 약속이 다정하고
기울이는 마개는 출구를 따르니
미치지 않으면 미치지 못해
절망이 심장인 듯

간직하는 비밀은 죄가 되고
그리움은 멀리 있어 아름답다

무늬를 머금은 당신이 탄생한다

* 뱅쇼VinChaud: 프랑스어로 와인에 과일과 시나몬을 넣고 끓여 새
콤달콤하며 감기 걸렸을 때 좋다.

풍경을 사랑하라 하네

법당 문 앞에 작은 중생 한 마리
종종거리다가 날아가 버린다
하품을 하며 눈길 따라가는
두상頭狀이 예쁜
속눈썹이 새까만 동자승
몸집보다 큰 옷소매 사이로 바람이 드나든다
연둣빛 나무들 살랑대는 숨소리
물오른 꽃봉오리들
금방이라도 세상 밖으로 튀어 나가려고
향기 넘치는데
무슨 인연으로 여기 오고
절 마당은 왜 이리 조용할까
말끔하게 싸리비질을 마쳤다
구름 한 점 없는 하늘을 보다가
엄마를 부르다가
친구의 집은 어디인가
신발로 툭툭 돌멩이를 차고 있다

방하착放下著[*]

남자는 없는 단내가 있지
간지러운 젖을 느끼는 일
젖을 물리면서 아이와 나
스르르 단꿈을 꾸는 일
배불리 먹고 아이는 황금빛 똥을 누었지
예쁜 똥 냄새 멀리 퍼졌지
어느 틈에 이가 자라고 있었을까
칭얼댈 때 비명을 터뜨리는 건 나였네
앞니로 내 젖꼭지를 깨물고 피어나는 상처의 웃음
세렝게티의 치타는 죽비
자식이 먹이 사냥을 배우면
안녕이란 인사도 없이 떠나는 죽비
관계의 이유기는 언제인가
부드러운 유분과 혀 속에 자라는 이빨
성인 아이일까
넝쿨손 같은 유선에서 아이 입으로 흘러들던 즙

뿌리부터 휘감는 줄기들, 뻗쳐오르는 핏줄들

* 방하착放下著: 집착을 내려놓다.

무화과 마을

햇살이 빈 놀이터에서 졸고 있다
철봉은 빨랫줄이 되어 젖은 옷가지들을 껴입고
구름은 바게트 냄새를 풍긴다
바람이 불면 그네는 휘이
나무는 나무에 기대어 푸르지만
사람은 사람에 기댈 수 없는 마을
옷들은 몇십 년이 지나도 마르지 않다가
수의가 될 것이다
꽉 조인 생활에서 벗어나고 싶어
헐렁한 윗도리에 늘어진 주름
꽃무늬마저 떨어지는 몸뻬
무릎이 삐죽이 나올 듯하다
깨끗이 빨아도 변색된 날들
축축하고 무거운 생들이 흔들린다
어쩌다 숨통처럼 지퍼가 열리면
바람처럼 부풀던 사람
설레던 사랑
흘러갈 뿐
잃어버린 선물처럼 시간들이 내려앉는다

팥빙수

소복한 가슴 검붉은 젖꽃판
빙하의 사랑이 솟아올랐다

능선이 흘러내린다
파헤치는 동굴
핥고 싶은 만큼 유독 뜨거운 날

중독성 마녀사냥
살이 찢긴다, 삼키는 무덤
짓밟을수록 죄가 살고
짓밟힐수록 살맛이 난다

상처 없이 꽃을 잉태하고 노래할 수 있을까
날개 돋친 새의 지저귐도 절정의 사마귀를 삼킨 입술

날아가라, 상념이여, 금빛 날개를 타고[*]
어디선가 히브리 노예들의 합창이 들려온다

* 베르디 오페라 《나부코》 중에서.

플랫 슈즈

말수가 줄어든다
가을날의 감처럼 물든다
보채는 바람에 빨래가 말라간다
깜박이는 신호등, 사거리는 뒤돌아보지 않는다
컹컹 짖는 개에게 뼈다귀를 물려 주며
가족이 있어
개와 나. 슬픈 눈빛 들키지 않기 위해
꼬리를 감춘다
발이 빠진다
닳은 모래톱
실려 간 돛단배처럼
추억은 종교가 되지 못한다
눈물을 신거나
노래를 신거나
코가 엎드려 있다

우리는 티눈, 냄새나는 서로를 알아보는 못

모래로 가득한 두 발이 떠오른다

폐가

당신이 가득하다
모감주 꽃 누렇게 떨어진 평상 위에
장판지를 둘러쓰고 귀도 떨어져 있다

고양이가 할근거린다
허공에 흔들리는 눈빛

풀이 철근을 휘감고
쇠와 살을 비비는 벽지

거미줄이 담벼락에 기대어 나를 스친다

한 발을 내딛자 사라져버린 다른 한 발처럼
내가 거울 밖에서 방에 들어간다
꼬리를 내리고 몸을 동그랗게 말고 있다

대낮의 그늘이 환하게 웃는다
당신의 볼우물이
없는 당신이 내게 은유인가

제3부

탕, 탕 나는 살아난다

당신이 내 배를 가른다 나는 눈 하나 깜짝하지 않는다 조각난 감정 조각난 기도 풀이 죽는 빨판 통증의 짜릿한 경지

접시 위에 흩어져 나를 찾아 더듬을 때 비로소 깨어난다

나는 복수, 칼을 내리칠수록 많은 내가 태어난다 꿈틀거림은 존재 증명 없는 손톱 발톱은 무기

할퀴는 고양이 아니 살쾡이를 꿈꾼다

꽃을 포기하고 쉽게 무릎 꿇어버린 일들

물귀신처럼 드러눕던 갯바닥에서 수동성을 벗어난다

먹물을 꽃처럼 뿜으며 고소한 참기름 냄새 허공으로 퍼져간다

와이너리winery

젖꼭지 부어오르는 밤
모닥모닥 타오르는 불은 무엇이 되는지
심중의 말은
늑대로 엉키는지
내가 내민 손의 얼룩
이름을 부르는 노래는 어디로
붉은 메아리는 어쩌다
숨소리를 놓는지
아버지의 사고방식은 자주, 색 커튼인지
지도를 놓아야 지도가 있는지
어쩌다 바람의 기슭
엉덩이 방향인지
시큼한 당신의 뒷모습
해묵은 일기장
무르익을수록 당신이 희미해진다면
이 빛이 지워지며 나는 당신을 잊을 수 있는지
그대 있는 자리
부어오르는 젖꼭지의 시간들

속리산에 가다

앞좌석의 한 쌍이 이어폰을 한 귀씩 나누어 듣는다
손을 붙잡고 어깨도 나눈다

선율에 붉은 종소리가 울린다
둘의 입으로 음악이
꽃잎의 향기가 퍼져간다

내 눈앞에 펼쳐지는 속리俗離
저들을 보는 내 안의 속리

무조건 암기시키던 우리는 민족중흥의 역사적 사명을 띠
고 이 땅에 태어났다 국기에 대한 맹세와 사랑의 찬가도 글
로 배웠고 다니던 여중 여고의 운동장에는 현모양처 동상이
거중기처럼 지키고 있었다

내 입술은 어느 눈칫밥을 먹고
아름다운 음악으로부터
잊었던 계절
한 발 한 발 내딛는 나의 속리산

소실

산자락에 세 개의 봉분이 잠들어 있다

둘은 나란히, 나머지는 간격을 두고 작은

몸속으로 피었다 졌을 꽃 내음

잔을 올리고 취해 돌아가는 이

능선을 바라보며 강이 산을 휘돌아 간다

부는 바람에 휘휘거리는 사연

뱉거나 삼켜야 할 말들 돌부처처럼 돌아앉아

덧없다는 말도 덧없이 하늘에서 가벼워졌을

여기서 사라지는 저만치가 일생이라면

비탈 아래 버스가 멀어져 간다

구름 제조자

공회전을 거듭하면서 질주의 희망은 떠돈다

운전석을 뒤로 젖힌 세상의 비
열쇠는 누군가 가져간 지 오래
한숨 쉬는 동안 뭉개지는 빛, 빛
시동에 그가 트, 럭, 하며 가래 끓는다

오늘의 날씨는
챙 모자 눌러쓰고 몸을 욱여넣기 좋아
달리는 시간보다 대기하기 좋아

끼니를 물어 나를 둥지 한 채
가족의 품은 언감생심

갓길에 유령 같은 기류들이 낯익어
바람의 슬하
혀를 빼문 간판들이 덮칠 것 같다

갸우뚱 낙엽 하나가 창가에 들러붙는다

The Winner Takes It All

칸나와 맨드라미가 주먹을 불끈 쥐고 있다 서로 노려보는 사이 사람들이 모여든다 무너진 축대 옆에 잡초는 우거지고 말복이 합세를 한다

칸나가 긴 팔을 뻗어 펀치를 날린다 쓰러지는 맨드라미, 귀때기가 붉게 엉겨 문드러져 있다

후텁한 바람이 철썩 달라붙는다 두 눈을 희번덕인다 다리까지 피가 흐르고 분노 지수만큼 돌격 앞으로

작은 몸에 언제 뜨거운 시간들을 새겼나 맨드라미에게 인내는 마른걸레를 비틀듯 가슴을 쥐어짜는 것, 몸을 휘청이며 밥주걱처럼 내리친다 걷어찬 살이 이렇게 찰질 줄이야, 근육이 드러날 정도로 핏물이 튄다

글러브를 끼지 않고 로프도 치지 않은 JS 프로젝트 현수막이 펄럭인다

덤프트럭 소리 포클레인 자국, 흙이 날린다
평화는 녹다운되었을 때만 온다 맨드라미가 바람을 가르며 어퍼컷을 날린다

질문의 도서관

칸칸마다 합장하듯이 서있는 책을 펼치자
주르르 흐르는 손금의 문장들
내 천川인가 갈 지之인가
어느 여울목에서 당신과 합수를 이루고
흘러가는 구름을 사랑하고 말았다
당신이라는 주어의 문장에 밑줄 긋는 마음
코를 박으며 빛나리라 여기던 꿈의 이마
활자들이 물 위를 떠돈다
구름은 구름이라서
구름처럼 사라지고
순간은 순간이라서
순식간에 살아난다
구름의 은유 속 아득한 너와 나
우리는 서서히 낡아가는 기도문
꽂혀 있는 구름을 집어든다
생은 행간 밖
나는 외출에서 돌아오지 못하는 사서司書
술어들은 말줄임표를 낳고
접힌 귀는 펴지지 않는데
내 가슴만 한 페이지를 넘기기에 100년이 안 걸린다

복숭아의 출구

볼 터치를 하고 턱을 가렸지만 튀어나온 목젖
음악에 맞춰 캉캉 치마를 올렸다 내린다

나비와 꽃이 꼭 만나야 할까
새는 경계 없이 날고 바람에 그냥 목욕을 한다

달의 결에 맞닿은 절정의 향기
아니마 아니무스의 엉덩이

비 맞은 살의 냄새
종이꽃 여무는 몽우리
입술과 입술 사이
고양이의 손톱이 숨어있었나

상상임신을 지우는 마스키러기 범벅이다
한입 베어 물수록 진물이 흐르고 자궁이 비워지는 것 같다
새가 앉지 않는 자리
발그스름하게 도착한 껍질이 벗겨진다

몸과 마음이 이끌리는 것으로부터 자유로운가

드래그 퀸*이 인사를 하고 있다 쇼가 다시 시작된다

* 드래그 퀸Drag queen: 여장을 하고 음악과 댄스, 립싱크 등의 퍼포
  먼스를 선보이는 성 소수자.

49) 위의 책, pp.50~53.

표절인지도 모르는 나는
왜곡인지도 모르는 나는

줄이 그어진 위로 무대가 펼쳐지지만
하단에 갇혀 많은 이들이 지나친다
몸이 작으므로 상대적으로 작은 사랑의 최면
눈과 귀와 가슴이 괄호 속으로 들어간다

늘어나는 복문과 비문들이 추수의 들녘이다
땀을 흘리는 주어는 생략되거나
악수 한 번 호명 한 번 없이 징검다리를 놓치기도 한다

막이 바뀌고 낙엽이 뒹군다
두리번거리면 뱀처럼 길어지는
나는 골목이 많은 행간
통조림 냄새가 난다

지나가는 행인들이 소품처럼 퇴장한다
대사 없이 사라지는 발목 부은 저녁과 잠을 설치는 나이
의 복선

신발을 고쳐 신고
놓친 모자를 붙잡으려는데
나를 애써 읽으려는 바람

보도블록 틈새 질경이가 자라고 있다

섀도복싱shadow boxing

습벽 베어내고 발목이 묶여 있다 까칠한 수염처럼 남겨진 밑단, 비춰진 고랑에 비문非文을 쓴다 수시로 부는 바람의 방향 종잡을 수 없이 경작되었을 허수, 아비 어미 따로 없이 꽃 피지 못하고 이미 져버렸나 우리 처음 만나던 날의 연둣빛 잎새 멀리서 오는 발자국을 기다리다 목이 길어지고 헝클어진 머리채, 울컥하는데 참새 떼가 온다 노을빛 눈을 부라리고 주저앉으려는 무릎을 펴며 일상을 스트레이트, 도착한 과거가 턱을 향해 어퍼컷, 주먹을 뒤로 빼는 일도 마다 않고 이게 질긴 너다 나다 가족을 빚처럼 달고서 발길질을 냅다 훅, 훅

화양연화

　몽유의 빈집 돌아선다 줄줄 흐르던 목련들 어디로 갔나, 충만이란 미처 모르고 지나는 결핍, 목련 봉오리는 말랑한 젖가슴, 멍울을 풀어준 다음에야 피어오르던 하얀 송이, 아이의 입에서 내 몸에서 그에게로 젖내 흐른다 꽃술처럼 작은 유두가 도드라진 것은 젖을 비우면서 아이가 배부르면서 까무룩 드는 서로의 단잠에, 빨다가 숨이 차면 혀를 풀고 천연스레 마주하는 눈길은 함께 세상을 누린 듯, 얼굴을 파묻고 봄의 젖을 더듬는 아이를 밀쳐 두고 아찔한 속도로 달리던 일터, 화장실에서 간질간질 차오르던 젖을 짜내 버리는 봄의 유두를 찾아 입을 벙긋거렸을 아이, 목련 봉오리에 봄비가 적신다 가득 찰수록 비어가는 젖가슴, 비에 젖는 봄, 하얀 유두

양이 사라지는 시간

비누칠을 하면 몽글거리는 어린 양
털들은 어디서 부푸는가
음메 하는 눈망울에 어리는 꽃송이
우리는 얼마나 향기로웠던가
푸른 들인 줄 알았다가
손아귀에 걸리는 울타리
꼬리표 출렁이며 꽃눈깨비 진다
벽에 부딪쳐 되돌아오는 공처럼
등하굣길에 노래가 들리지 않는다
텅 빈 소리가 벽보다 크다
등이 굽은 골목의 모서리가 닳아간다
구름을 휘돌며 가방 안으로 어룽지는 것들
보고 싶은 것을 보지 못하고
말하고 싶은 것을 말하지 못한다
미끄러지는 이것은 누구의 혀인가
우리는 고달픈 짐승들
흐르는 물 따라
버블 버블 피어난다
목장을 뒹굴다 돌아와 피곤한 얼굴로
수챗구멍을 빠져나가는 거무튀튀한 그리움

레드와인

화장실에서 누군가 버린 붉은 꽃받침을 본다
하얀 티슈 물들인 얼룩
물이 고이는 몸에 꽃이 피고 새소리 울린다
시큼한 당신이 울컥 쏟아진다
남을 것만 남은 진한 가지에 맺히는 방울들
몸속을 뒤척이는 생명의 연대기
순간의 영원을 이어서
뜨거운 뱀이 있는 덤불에 비늘이 돋는다
가지마다 꽃 피우는 수액
혀에 불이 붙고
숲이 타오르고
튕겨 나간 마개의 향방은 알지 못하고
바람에 치맛자락이 훌렁
날아가 버리는 모자를 잡아 쓰려고
목이 길어진다
아랫배 깊숙한 꽃잎의 역사

파편은 속살속살

몽돌 해변에서 반딧불이
바람에 꽃은 흔들리고 신발 한 짝
모난 나와 당신이 뒤척인다
내 눈은 당신으로 멀어지고
당신 입은 나 때문에 지워지고
내 귀와 당신 다리가 섞이고
달빛을 삼키고 토하는 파도
팔과 가슴이 만나고
엉덩이와 등을 핥는다
옆에 있으면서 만날 수 없던 그리움들이
바스러지면서 만나고 이별을 견딘다
결론을 내지 못하고
해체되어 구를 뿐
반질한 아픔의 변질된 표정
살아나는 기억의 그림자들
사람들이 우리의 대화를 밟는다
바다로 돌아가지 못한 말들이 뒹군다

제4부

귀먹은 저편

빈 마을이 귀로 자란다 오래된 나무의 매미 소리는 폭포, 쏟아낸다 그늘에 몸을 의지하며 마른장마에 잠 못 이루는 뜨거운 화법, 사람들은 매미를 견딘다 매미를 묻고 떠나간다 매미를 쏟아낸다 두 팔을 벌리는 가지, 비탈진 골목에 이르면 자네 왔는가 개망초들이 손을 흔든다 적막이 더 이방인다운, 벽에 기댄 자전거의 동그라미가 하늘 위로 오른다 나뭇잎들이 팔랑이며 매미 소리를 토하고 자전거는 모퉁이를 빠져나간다 오늘의 받아쓰기는 목 부러진 능소화 빗질하는 소리 혹은 어느 집 처마 밑으로 고래고래 빗물, 재활용 노인 채국채국 종이 상자 접는 소리, 빈집의 강아지 씹다 뱉은 매미 소리, 폭포 속으로 사라진 마을 구석에 보라, 보라 피어나는 뻐꾹채 귀 세우는 소리

상강霜降 무렵

　　고물상은 오래 잠들어 있다 신도시가 생기면서 들판을 내
주고 고요해지는 바람의 뼈들

　　엔진 뼈대에 고양이가 웅크리고 질주는 멈추어도 속도를
기억하는 전조등 눈망울

　　바람을 모아둔 공터가 주변을 조율한다 소리 속으로 사라
진 악장을 뒤적이며 갸르릉 야옹

　　낡고 휘어진 몸에 못처럼 박히던 날들이 따끔거린다

　　쇠의 살갗을 덮어주며 바람에 구구절절 꺾이면서

　　구절초는 늦게 피어 봄꽃을 탓하지 않는다

옹이에 대하여

그루터기는 LP 레코드 턴테이블

둥근 선율로 남은 무성한 계절의 노래

하늘로부터 헐벗은 가슴들이 내리고

흑백영화의 화면처럼 아련히

어깨를 걸고

백 년의 음악을 듣는다

나의 눈부처 속 당신의 눈동자

사랑이 미처 모르고 스쳐 간다

흐르는 트랙은 많은 골목길

고양이가 꼬리를 흔들며 뒷걸음치고

빗소리 지직거린다

그때의 나와 지금의 나, 5번과 6번 만날 수 없는 빗물

파닥이는 수면에 맺히는 눈시울

우산과 의자는 많은 비를 피할 수 없어

내 안의 골짜기에 풀잎들이 머리를 조아린다

내게 이보다 더없는 풍경

아로새겨진 당신

화이트와인

치마 속에 색을 잃은 달빛이 가득하다
아니 사춘기부터 달마다 붉다가
궁극이다

목을 빼고 주억거리면
뱀의 진물
무른 과육처럼 끈적거리는 날씨를 지나
허공의 빛줄기를 수혈한다

창백한 꿈의 여자
다른 몸으로 다가온다

송글거리던 숨이 가라앉는다
엉덩이는 어떻게 그윽해져

제 몸에 그믐을 새긴 동굴
안에 두고도 아직 태어나지 못한
혀만 남은 시간들

입석

안락한 꿈을 여행 중인가

덩치의 황금 단추가 호랑이 눈처럼 반사가 된다

지퍼를 열면 숨겨져 있을지 모르는 쪽지

날개처럼 날아갈 것 같다

바지의 아랫단이 구두코를 덮고 바닥을 덮고

기적 소리는 들을 수 없을 것이다

공기가 닿지 않는 폐부의

푸른 기차

그러다 만나게 되는

늙은 기차

주위를 돌아보니 저마다 코를 박고

입구가 출구인 비상구

승무원이 인사를 하더니 다음 칸으로 간다

내게 어울리는 의자는?

플라스틱 의자 접는 의자 흔들의자 바퀴 의자 등받이 없
는 의자 머나먼 소파

얼비치는 전등이 무화과를 닮았다

바람은 춤을 추고 무화되었을

돌아갈 수 없는 기차

헤어지기 좋은 기차

도마뱀

스마트폰을 끊, 으, 며, 철수와 영희들을 끊, 으, 며, 만
약이라는 약을 끊, 으, 며, 중독성 이별을 끊, 으, 며, 지는
목련 꽃그늘을 끊, 으, 며, 칙칙한 칡넝쿨을 끊, 으, 며, 좌
파 우파 굳이 양, 파를 끊, 으, 며, 한밤중에 벌떡 일어나 달
려갈 것 같은 바다로 가는 기차를 끊, 으, 며, 세상의 평행
선들을 끊, 으, 며, 물거품 같은 나를 끊, 으, 며, 입술이 바
짝 마르는 집착을 끊, 으, 며, 독화살 박힌 혀를 끊, 으, 며,

그림자는 두께가 없어
우리의 대화는 허물을 벗을까

시간의 무늬들이 안, 절, 부, 절,
물고기처럼 지느러미를 파닥인다

닿을 수 없는 거리
여진의 통증들

여여如如

폐사지에 발을 들이는 순간 내가 없어진다 폐허가 나답다

물안개가 피어오르다 말다 인적이 보이다 말다 바람 소리 물소리 들리다 말다

미끄러지는 새, 하늘의 경계는 어디인가

자리를 잃고 두리번거리는 기둥과 서까래들 누가 다시 나를 일으켜 세우나

젊은 날 내 안에서 울던 목어 소리 범종 소리 들리지 않고

팔작지붕 그림자 아래 당간지주는 등을 웅크리고

텅 빈 몸에 산 까마귀 울음만 가득

역광

우리에게 플래시가 터진 적 있었나
셀카봉을 바라보며 누가 더 멀어지나
아득한 배경 속으로 사라진다

선글라스가 어울려 모자도 어울려 목주름은? 스카프 어
딨니? 또 보자
하고 말하려는데 벌써 뿔뿔이 흩어진다

오가는 이의 눈빛이 비켜 간다
노을이 이마에 앉아
시간을 가릴 수 없다는 걸 느꼈을 때
등 뒤로 뜬 구름

동창들은 어떤 꿈이 변했는지
앞만 보고 살기도 바쁜
손짓 발짓에도 닿지 못하는

결의 방향을 따라간다

금이 간 저녁이 맨발로 마중 나와 있다

반려

마당에 널어놓은 이불 속으로
어린 남매가 터널을 판다
얼굴을 묻은 바람이 칭얼댄다

입이 귀에 걸리는 아이들과 눈빛 마주치는 사내
동그랗게 퍼져나가는 담배 연기

귀퉁이의 누렁이는 목줄에 무릎을 꿇는다
아이들의 눈부처
개의 눈부처
사내의 눈부처
꼬리를 내린 모습과 무릎 나온 추리닝이 눈높이를 맞춘다

찌그러진 밥그릇 안으로
눈엣가시처럼 저녁이 온다
붉은 혀를 내밀고 물든다
노을 한 그릇

모네 풍으로

왜 왼쪽을 보는 여인이냐 왜 하필
그대들이 손가락질할 때
빛에 따라 변하는 그림자 눈여겨볼 것이다
화실 밖으로
나뭇잎 선연하게 드리우는 그늘
원근과 명암을 새롭게
붓에 묻은 이름들을 부르면서
치맛자락이 날리는 동안
이 구름 지나 저 구름
내게 손을 내민다
앞으로 살짝 기운 몸에 휘감은 푸른 스카프
희미한 여인
나를 난간으로 밀어대는 입방아들
뒤로 공중에 붕 떠서
지워져 좋은
세상과 닿지 않은

블루베리

검붉은 눈동자들 그렁그렁한 눈물

깨물면 입술도 까매지는 블루베리 베리 블루

달콤한 얘기 시큼해 블루베리 베리 블루

도톰한 젖꼭지 맞닿은 무릎 팔베개하며 잠들던 밤

창가에 앉은 새 기웃거리다 블루베리 베리 블루

넝쿨에 얼굴이 가려진 블루베리 베리 블루

차마 못 지운 흔적

갓난아기 맑은 눈동자 블루베리 베리 블루

건들바람에 장미가 담을 넘고 있다

블루베리 베리 블루

달의 맛

잔을 감싸 쥐면 달무리 드리운다
내가 있는 이곳에서 당신이 있는 그곳까지
찻잔을 가만히 돌리면, 빙글
나의 안이며 바깥인
꽃이며 얼룩인

당신은 비형랑*의 연인
발자국만 남겨 놓고 개는 짖지 않는다
불꽃 터지는 밤의 방울 소리

내 혀가 당신에 닿으면
당신은 내게로 스며들며
구비를 돌고 마디들이 발기하며 눈이 달리는 촉감

내 안의 몰랐던 나

둥근 살갗 사이, 달의 비늘

---

* 『삼국유사』의 '도화녀와 비형랑' 편에 나오는 인물로, 왕이 군사를
시켜 월성을 지키게 했으나 밤마다 성 밖으로 나가 놀다가 새벽 종
소리를 듣고서야 집으로 돌아왔으며 하룻밤에 귀신들을 시켜 귀
교鬼橋를 만들었다고 전한다.

피아노 방울

하늘은 얼마나 많은 피아노들을 품었을까
흑백의 세상에 건반들이 떨어진다
대지 속으로 스며드는 피아노의 얼룩들

당신은 내가 허방에 빠질 때
신발이 벗겨질 때
들려오는 달무리 소나타

흰 팔의 들려오는 끓는 소리들
당신이 나를 뒤로할 때
현기증은 내가 겪는 공중

타버린 심지처럼 헐벗은 나무들이 휘휘 새는 바람 소리
뼈를 부딪는 소리들

급히 페달을 밟는다
내 가슴에 젖은 물빛 출렁이다가 스윽 반올림 반 내림
내 삶의 악상들

살 빠진 빗으로 나는 머리카락을 빗어 넘긴다

아보카도

칼을 쥔 당신이 나를 벗긴다

아귀아귀 당신의 손아귀에서 툭, 잘리는 뱀의 길

요리조리 미끄덩한 살을 만지며 입맛을 다시며 으흠

나는 시퍼런 수류탄의 심정

주변은 울룩불룩 새초롬한 눈초리

원죄의 허물

폭발할 듯 주문을 외운다

불안한 혓바늘, 아귀아귀 당신의 손아귀

사전의 정의를 넘어 누가 더 부끄러운지 모르는

그게 바로 당신과의 거리

둥근 씨에서 알을 떠올린다

울음은 가식하지 않아 새처럼 퍼덕이고

지금 이대로 나는 충분히 위험해

비록

비록은 가야 왕국의 연인이 되는 말
물드는 아우라를 순장하는 말
부치지 못한 편지
먹이 찾아 마을로 내려온 고라니의 발자국과 울음소리
양어미가 친어미 역할을 하고
연기 덮어 재가 되는 말
돌멩이니 생채기니
물처럼 흐르는 관계들
오달진 정리情理
비뚤배뚤한 글씨로 답장을 보낸다
건더기가 없는 물긋한 죽
끓인 정성을 삼키는 야광조개국자
벽과 문 사이 경첩에 그려진 나비
가슴골 사이로 날아간다
비록이라는 말, 말

시뮬라크르에 흐르는 구름의 시간

윤의섭(시인)

시력詩歷이 오래될수록 자기 안으로 더더욱 파고드는 시인이 있다면 자기 바깥으로 좀 더 나아가는 시인도 있다. 어떠한 방향이든 시인의 길은 수행자의 행로를 닮은 것이어서 독자로서는 시인이 결국 어디에 다다를 것인가에 대한 궁금증과 기대로 흥미롭지 않을 수가 없다. 박수빈 시인은 이번 세 번째 시집에서 자기 바깥으로 나아가며 '자기 세계'를 만들어내고 있었다. 여기서 '자기 세계'는 실재보다 실재 같은 현실로 만들어지고 있다는 점에서 '시뮬라크르'라고 말할 수 있다. 그 자체로 존재의 의미가 성립하는 창조의 세계를 구축해 가는 시인 박수빈.

이 '자기 세계'로 나아가는 자기로부터의 탈주는 이미 박수빈 시인의 첫 번째 시집과 두 번째 시집을 통과하며 시도되고 있었다. 시인의 첫 시집『달콤한 독毒』(다층, 2004)은 가족이나 생활 등의 기성 제도로부터 벗어나려는 '자기'와 그러한 '자기'로부터도 벗어나려는 시들로 그득하다. '자기'를 바라보는 '자기'의 시선이 느껴진다. 그러나 아직은 섣부른 것인지 그 척력의 강도는 약해 보였다. 두 번째 시집『청동 울음』(다층, 2013)에서는 좀 더 농익은 시 쓰기와 제유적 방식을 통해 '자기'를 바라보고 있는 시선이 느껴졌는데 그것은 첫 시집에서보다 더 멀리 동떨어져 있는 시선이었다. 많은 경우 두 번째 시집쯤에는 자기 안으로 더 깊이 들어가는 양상을 보이는데 박수빈 시인은 그 반대의 방향으로 나아가고 있었다. 결과론이긴 하지만 이번 세 번째 시집을 놓고 볼 때 첫 시집으로부터 두 번째 시집까지 통과해 온 과정은 현실 세계와 다른 세계를 만들고 그 안에서 '자기'를 드러내거나 '자기'를 만들어가기 전의 전조 현상이 아니었을까. 그러니까 이번 세 번째 시집은 '자기 바라보기'에서 벗어나 '자기에게 의미 부여하기'라는 특이점에 이르러 있는 것이다. 사실 '자기'로 파고들어 간다는 것은 확인, 긍정과 부정의 수긍, 인정, 다짐, 유지나 변화로 이어지는 끌어안기와 나르시시즘의 행로이다. 그러나 확인에서 유지나 변화까지의 모든 과정조차 거부하고 박수빈 시인은 아예 "다른 몸"(『화이트와 인』)인 '자기 세계'를 만드는 방향을 선택하고 있다. 그런 점에서 어쩌면 이번 시집은 두 번째 시집 마지막에 실린 시에 대한 화답일지도 모른다.

죄수다, 내일이 없는

장롱에 물 먹은 하마가 벌컥 거리고 있다.

…(중략)…

달고 뜨겁던 몸은 어디

　　　　　　　—「여자의 물 속」 부분(『청동울음』, 다층, 2013)

　이 시에는 분명 현실을 바꾸거나 자기를 찾아야 하는 동기가 내재되어 있지만 동시에 다른 세계로 나아가게 하는 계기와 동력도 함께 마련되어 있다. 박수빈 시인이 만들고 있는 또 다른 '자기 세계'는 이렇게 긴 여정을 거쳐 구축된 시인만의 시뮬라크르다.

　이번 시집에서 보여 주고 있는 '자기 세계'는 그 윤곽부터 쉽게 그려진 것이 아니다. 그것은 모종의 자기 타협과 자기 탈출로부터 시작되었고 여기에 실존적인 시간 개념을 더해 만들어지고 있다.

　안스러움은 붉은 심장을 꺼내어 밖에 달고 있다

　나비가 날아간 헛꽃에 귀뚜라미가 운다

　내가 꽃이라 부른 것은 문밖의 눈사람

　너를 사랑해, 라고 문고리 흔드는 바람, 어긋난 뼈마디

의 통증

내가 시라고 여기던 플랫폼
길이라고 여기던 것도 매번 놓치는 기차

#과 ♭처럼 불러 모은 조연들
물구나무선 물컵, 절벽에 묶인 구두끈, 석류알 같은 방
안의 가족들, 앙코르와트의 바위를 뚫고 자란 스펑나무의
우로보로스 우로보로스

문밖에서 굵은 기둥으로 서서 나를 기다리는 바람
                    ─「무엇이 꽃을 피우나」 전문

꽃이 피는 것은 꽃줄기 안에서 바깥으로 나아간다는 것
이다. "너를 사랑해"라는 "바람"의 부름에 "안스리움"의 꽃
잎은 "붉은 심장을 꺼내어 밖에 달고" 있는 것처럼 피는 것
이다. 그러므로 그것은 '자기 몸'으로부터의 탈주이다. 그
러나 탈주가 막상은 쉽지 않아 '바람의 부름' 외에 "조연들"
이 필요하다. 그래서 비정상적인 것들과 그것을 뚫고 자라
는 "스펑나무의 우로보로스"를 끌어들인다. 비정상적인 것
들이 가져다주는 현실에 대한 반발력과 괴기하고 강한 힘
을 가진 스펑나무가 갖고 있는 우로보로스와 같은 파괴와
재생의 시간이 필요한 것이다. '바람—사랑' 그리고 현실 초
극의 시간이 "나"를 바깥 세계로 불러내고 꽃 피우게 하는

존재라는 의미로 귀결되고 있는 이 시는 이제 막 만들어가고자 하는 '자기 세계'의 기초 윤곽이 어떻게 형성되었는지를 보여 준다.

이렇게 구축된 '자기 세계'의 지반은 시인의 지속적인 자기 다지기를 통해 공고해진다. 그것은 시인이 '현실의 자기'를 앞에 세워놓고 또 다른 '자기 시뮬라크르'를 만들어가는 과정에서 허위, 복제, 가짜, 혼종 등을 인식하는 장면을 통해 확인된다.

시인은 이 세상을 "불난 집"으로 규정하고 "숨바꼭질"하며 숨거나 피하고자 한다(「꽃무릇」). 그러면서 "나는 나귀의 혼종일지 몰라요"라며 현실 세계에 속한 '자기'의 정체성에 의문을 품기도 한다(「안녕, 태양주의」). 현실 세계는 이데아라는 원본이 없는 혼란과 혼종들의 현상으로 존재한다. 그것은 몇 번을 죽어도 다시 죽는 연기를 반복해야 하는 어느 스턴트맨의 허무한 다발적 삶(「컷」)을 통해 드러나기도 한다. 이러한 현상을 통해 결국 현실 세계와 그 안에 속한 '자기'가 허위의 복제로 존재하고 있다는 사실을 인식하기에 이른다.

　　　날 때부터 나는 세상의 그림자

　　　백조들 앞만 보고 둥둥 떠가는 시대에

　　　아플 수 있는 나는 어둠의 벗, 능력자

　　　무대 밖을 보려다가 먹통이 되거나

95

딱딱한 목소리들이 오른쪽으로 끌고 가지만
혐오하느라 외롭지 않아

나를 보는 시선에 똑바로 대응하며
가려운 죽지
턴아웃

뛰어오르면 이스트 부푸는 빵처럼 꽃이 필까

꽃보다 우울한 것은 없지
내게 장미는 가시이거나 그늘
조화는 변할 때만 이루어지는 세계

나에게 파드되는 없다
뒷모습이나 발아래 개의치 않고
오로지 응시하는 몸

천둥이 이빨을 드러내거나
부르튼 발을 신발에 맞추면 甲, 甲할 뿐
오래 앓은 어둠 덕분
내일은 사라지고 어제가 가벼운 나는 어둠의 벗, 능력자

마트료시카처럼 허… 위… 허… 위…

마스카라가 겹겹이 흘러내린다

—「블랙 스완」 전문

　같은 모양의 인형이 여러 겹 복제되어 있는 "마트료시카"의 존재적 의미는 처음부터 끝까지 '허위' 자체였다는 인식을 보여 주는 시다. 그러므로 "나는 세상의 그림자"이고 "파드되"는 없는 혼자이며 "내일"도 사라져버린 '자기만의 세계'에 사는 "블랙 스완"이 되어간다. 허위로 만들어졌기에 "루어" 같은 가짜일 수도 있어(「수심」) 시인의 '자기 세계'는 자칫 공허한 허상인 것으로 보일 수 있다. 그러나 허상 되기, 잠재적 가능성의 실재 되기, 즉 시뮬라시옹은 거짓도 아니고 부존하는 것도 아닌 실존하는 사실이다. 또한 시인이 허용하고 만들어간 '자기 세계'는 그렇게 만들어져 존재해야만 하는 이유가 있기에 진실이다. 그 이유란 시인의 욕망에서 기인한다.

　시인은 지속적으로 "관계의 이유기는 언제인가"(「방하착放下著」), "꽉 조인 생활에서 벗어나고 싶어"(「무화과 마을」), "어떻게 저 너머에 이르는가"(「해변의 기울기」)라고 질문을 던지며 현실 세계를 벗어나고자 하는 욕망을 드러내고 있다. 이번 시집에서 또 하나 주목할 점은 '시간'에 대한 인식이 곳곳에 나타나고 있다는 것인데 시인은 공간과 함께 현실 시간조차 다르게 바라보고자 한다. 그러면서 '자기 세계'를 향한 시인의 욕망을 추동하는 것이 거부할 수 없는 "사랑"의 매혹에 있다는 점을 보여 준다.

눈동자만 내놓고 거대한 차도르를 덮어쓴 밤

차오르고 지워지는 관계를 떠올린다

나는 당신의 어느 편에서

달무리는 마술처럼 사라져도 사라진 게 아니다

우리는 서로의 사리와 조금

내가 사라질 때 당신은 환한 얼굴로 떠올라

없는 나를 옆에 두고 버젓이 둥근 사랑을 이룬다

내가 바람이나 구름이 되어도

당신은 세상 밖으로 드러나지 않아

사랑의 주변을 맴도는 일은 어둠의 벼랑

내 입은 하지 않은 말로 가득하고

몸에는 사람이 살지 않는다

눈 그늘의 수위

깊이를 알 수 없는 구멍

눈에 별을 새긴다

휘날리는 머리채

번져가는 무늬들

— 「손톱달 혹은」 전문

사랑은 묘하고 신비로워서 "내가 사라질 때"나 "나" 없이
도 이루어진다. 그것이 가능한 것은 우리가 "서로의 사리
와 조금"이기 때문이다. 서로의 중력으로 서로를 있게 하
는 "사리"와 "조금"으로 우리의 사랑은 "세상 밖으로 드러
나지 않"으며 존재한다. 이 '사랑' 때문에 시인은 그리움조

차 아름답다고 여기며(『뱅쇼』) 마치 "바람이나 구름"이 된 듯 자기만의 세계에 살 수 있는 것이다. 어쩌면 이 사랑은 "죄" (『뱅쇼』)이거나 "하지 않은 말"(『손톱달 혹은』)로 가득한 비밀일지도 모른다. 하지만 그러한 사랑이 가능한 것은 시인이 현실의 자기 바깥으로 나아가 '자기 세계'를 이루고 거기 거주하고 있기 때문이다. 이러할 때 허상 같기도 한 사랑은 실재하는 사랑이 된다.

이처럼 박수빈 시인이 '자기 세계'를 구축해 가는 모습은 엄밀히 말하면 자기부정과 현실 비타협의 결과이다. 그러나 이 부정성이 부정적인 것은 아니다. 더 이상 빠져나갈 출구가 없을 때, 더 이상 욕망을 담아두기 어려울 때 우리는 아예 새로운 문을 만들거나 새롭게 마음을 먹게 된다. 그렇게 만들어진 '자기 세계'는 원본 없이 스스로 존재하는 시뮬라크르 세상이 된다. 지금까지 시인이 구축한 시뮬라크르로서의 '자기 세계'를 살펴보았고, 또 거기에 거주하게 된 이유나 과정을 살펴보았다면, 이제 '자기 세계'를 시인이 어떻게 상상하였고 꿈꿔 왔는지를 살펴볼 필요가 있다. 왜냐하면 지금까지 살펴본 '자기 세계'는 어느 정도 드러난 단계의 모습이어서 '자기 세계'를 이루는 내부의 모습까지는 들여다보지 못했기 때문이다. 우리는 이 '자기 세계'의 자재와 골조를 들여다보고 시인이 어떤 모습을 바라왔는지를 짐작할 수 있을 것이다. 이를 통해 우리는 시인의 '자기 세계'가 뿌리내리고 있는 자양까지 알 수 있을 것이다.

앞서 언급했듯 시인의 욕망이 '자기 세계'의 실현 가능성을 용인하는 계기가 되었다면 그 욕망은 당연하게도 '결핍−상실'을 기반으로 하고 있으며, '결핍−상실'을 겪으면서 시인은 점차 자기만이 가질 수 있고 꿈꿀 수 있는 세계를 다듬어갔으리라. 그 '결핍−상실'의 실체는 '당신'과 '나'인데 모두 시간이 흐르면서 결핍되고 상실된 존재다. 따라서 시인은 '자기 세계 공간'에 '자기 세계 시간'을 더해 현실과 다를 바 없는 '자기 세계'인 헤테로토피아를 만들고 있다.

시인이 만들어간 '자기 세계 공간'의 모습은 이를테면 다음 시에서처럼 나타난다.

나의 눈부처 속 당신의 눈동자

사랑이 미처 모르고 스쳐 간다

흐르는 트랙은 많은 골목길

고양이가 꼬리를 흔들며 뒷걸음치고

빗소리 지직거린다

그때의 나와 지금의 나, 5번과 6번 만날 수 없는 빗물

파닥이는 수면에 맺히는 눈시울

우산과 의자는 많은 비를 피할 수 없어

내 안의 골짜기에 풀잎들이 머리를 조아린다

내게 이보다 더없는 풍경

아로새겨진 당신

─「옹이에 대하여」 부분

몇 번을 움터 생겼을 "옹이"의 나이테를 시인은 "트랙"이

많은 "골목길"이라고 비유하였다. 이 "트랙"에는 과거의 나와 현재의 나, 즉 "그때의 나와 지금의 나"가 있어 과거로 되돌아갈 수 없는 시간의 흐름이 이어질 때마다 덧난 상처 딱지 같은 "옹이"의 "트랙"이 생기는 것이다. "옹이"가 생기는 이유는 "당신"의 "사랑"을 "미처 모르고" 스쳐 간 적이 많기 때문이다. 사랑이 스쳐 지나갈 때마다 "당신"은 "이보다 더없는 풍경"으로 "아로새겨진"다. 시인이 갖고 있는 '자기 세계 공간'은 이 "풍경"으로 존재한다. "당신"이나 "나"가 '결핍−상실'된 공간을 시인은 "옹이" 같은 풍경으로 메우고 있다. 시인은 이 풍경 속에 살고 있다.

그런가 하면 '자기 세계 시간'은 '지금'이라는 현재 현실의 시간을 받아들이면서 '결핍−상실'의 공간과 결합한다.

치마 속에 색을 잃은 달빛이 가득하다
아니 사춘기부터 달마다 붉다가
궁극이다

목을 빼고 주억거리면
뱀의 진물
무른 과육처럼 끈적거리는 날씨를 지나
허공의 빛줄기를 수혈한다

창백한 꿈의 여자
다른 몸으로 다가온다

송글거리던 숨이 가라앉는다

엉덩이는 어떻게 그윽해져

제 몸에 그믐을 새긴 동굴

안에 두고도 아직 태어나지 못한

혀만 남은 시간들

—「화이트와인」 전문

시인은 "사춘기"부터 이어진 생리가 결국 "궁극"에 이르
렀다고 말한다. 그러나 그 "궁극"은 끝이라고 보기 어렵다.
"궁극"은 "허공의 빛줄기를 수혈"하고 "다른 몸"으로 재생하
는 시작의 지점이기도 하다. 위 시는 "궁극"적인 현재의 시
간성을 "안에 두고도 아직 태어나지 못한" "시간들"로 규정
하고 있다. 더구나 그 시간은 "혀만 남은" 시간으로 발화가
이루어지기 직전의 시작점에 있는 시간이다. 시인은 생리
를 멈추면서 '결핍-상실'된 시간을 '자기 세계'에서 다시 시
작되는 시간으로 인식하고 있는 것이다.

이처럼 시인이 구축하고 있는 헤테로토피아의 공간과 시
간은 '결핍-상실'과의 경계 너머에 형성된 시뮬라크르다.
그렇다면 그러한 시공의 세계와 그곳에 거주하는 '자기'는
구체적으로 어떤 자재와 골조로 이루어지고 있는가. 다시
말해 어떠한 인식으로 구축된 것일까.

나비와 꽃이 꼭 만나야 할까

새는 경계 없이 날고 바람에 그냥 목욕을 한다

달의 결에 맞닿은 절정의 향기
아니마 아니무스의 엉덩이

…(중략)…

몸과 마음이 이끌리는 것으로부터 자유로운가
　　　　　　　　　　　　　　—「복숭아의 출구」 부분

　성 소수자의 얘기를 다루고 있는 이 시에 나타난 인식은
이원적 존재 사이의 "경계"가 지워지고 선입관이나 배타성
이 없는 "자유"가 있어야 한다는 것이다. '경계 없음'에 대
한 인식은 "하늘의 경계는 어디인가"라며 다른 시(「여여如如」)
에서도 나타나고 있는데 시인의 '자기 세계'는 이러한 무경
계의 세계관을 따르고 있는 것이다. 더 나아가 시인이 지
향하는 세계는 "자유로운" 세계이다. 이는 당연하게도 '결
핍-상실'로부터 파생되는 과거로의 구속을 시인이 지속적
으로, 그리고 의식적으로 극복하고자 하는 심리에서 비롯
된 것이다.

　표절인지도 모르는 나는
　왜곡인지도 모르는 나는

줄이 그어진 위로 무대가 펼쳐지지만
하단에 갇혀 많은 이들이 지나친다
몸이 작으므로 상대적으로 작은 사랑의 최면
눈과 귀와 가슴이 괄호 속으로 들어간다

…(중략)…

보도블록 틈새 질경이가 자라고 있다

—「49) 위의 책, pp.50~53.」부분

위 시는 각주를 구분하는 '밑줄'을 기준으로 밑줄 하단에
존재하는 "많은 이들"과 "괄호" 속의 "눈" "귀" "가슴", 즉
"나"의 토대를 이루는 존재들로 인해 "나"가 존재하고 있다
는 인식을 드러내고 있다. 그러면서 시인은 "나"가 그러한
토대적 존재들에 대한 "표절"이나 "왜곡"일지도 모른다고
실토한다. "나"는 "나"를 존재케 하는 존재들의 복제이거나
변형된 모습이라는 인식은 시뮬라크르로서의 '자기 세계'에
대한 시인의 인식을 드러내기도 하는 것이다. "표절"이나
"왜곡"이라는 자기 성찰 인식은 실재와 대응하는 자기 정체
성에 대한 윤리의식에 의한 것이기도 하다. 말하자면 "나"
는 비정상적인 존재일지도 모른다는 인식이다. 그러나 시
인은 다시금 "나"에게 존재의 의미를 부여한다. "최면"과도
같은 토대를 뚫고 자라는 "질경이"를 끌어옴으로써 시인은
'자기 세계'에 강인한 생명력을 부여한다.

한편 다음의 시는 '자기 세계'의 태초 모습을 보여 주고 있는데 시뮬라크르로 나아가는 출발점에서의 자기 정체성 인식과 경계 지우기라는 선제적 시도가 이루어지고 있다.

폐사지에 발을 들이는 순간 내가 없어진다 폐허가 나답다

물안개가 피어오르다 말다 인적이 보이다 말다 바람 소리 물소리 들리다 말다

미끄러지는 새, 하늘의 경계는 어디인가

자리를 잃고 두리번거리는 기둥과 서까래들 누가 다시 나를 일으켜 세우나

젊은 날 내 안에서 울던 목어 소리 범종 소리 들리지 않고

팔작지붕 그림자 아래 당간지주는 등을 웅크리고

텅 빈 몸에 산 까마귀 울음만 가득

—「여여如如」 전문

"폐사지"에 들어서면서 이전 세계에서의 "내가 없어진다". 그리고 시인은 "폐허"와 "나"를 동일시하고 있다. 과거

의 영화가 사라진 시간과 세워져 있는 것이 없는 이 공간에서 시인은 우선 자신을 지우고 비동일성의 경계를 지우며 무無의 순간에 서있다. 그러면서 시인은 "누가 다시 나를 일으켜 세우나"라는 질문을 던진다. 이 말은 여러 의미로 해석할 수 있겠지만 누군가에게 의지하고자 한다기보다는 '나를 일으켜 세울 수 있는 존재는 나일 뿐'이라는 인식을 드러낸 것이라고 할 수 있다. 시에는 그 후의 상황이 나타나 있지 않지만 '자기 세계'의 형상은 앞으로의 가능성만이 존재하는 "폐허", 즉 "나"로부터 시작되고 있다는 점을 분명히 보여 주고 있다.

이제 이렇게 구축되고 있는 '자기 세계'의 변별점은 무엇일까 생각해 보지 않을 수 없다. 변별점이 없다면 현실 세계와 다를 바 없는 시뮬라크르의 세계는 큰 의미가 없다. 그것은 어떤 욕망에 의해 가상으로 창조된 세계여서 다만 욕망 실현의 이면일 뿐이라는 판단에 이견이 없게 되기 때문이다.

그 변별점은 시간에 대한 의식에 있다. 시인이 만들어가고 있는 '자기 세계'는 이 시간에 대한 의식이 갖는 차이성에 의해 보다 의미 있는 세계로 다가오는 것이다.

칼질마저 부드러운 당신

햇살 아래 푸른 잎과 아람의 기억
굴러온 상처들

나는 나를 끊어버린 지 오래입니다

한 점 들어 올릴 때
미끄러지는 당신은 번번이 놓치는 사랑

우리는 녹아 흐르는 눈꺼풀
허공의 젖은 손
돋아나는 깨알 같은 별들

식탁의 끝을 오래 바라봅니다
나는 왜 거무튀튀하죠?

56억 7천만 년의 물컹한 찰나

　　　　　　　　　　　　　　　—「묵사발」전문

　"묵사발"로서의 "나"는 지난날의 "기억"과 "상처"로 점철된 "나"를 스스로 끊어버렸다. 그리고 다른 시에서도 나타났듯 "당신"이라는 '사랑'은 번번이 미끄러지고 놓치길 반복하며 "눈꺼풀" "젖은 손" "별들"과 같은 그 슬프고 아련한 흔적으로만 남아있다. 이러한 세계로 존재하는 "묵사발"은 현실 세계와의 변별성이 크진 않다. 이때 시인은 미륵이 도래하기까지의 기간이라고 전해지는 "56억 7천만 년"의 시간을 도입하여 "묵사발"로서의 "나"에게 흐르는 시간을 기다림의 시간으로 전환시켜 놓는다. 동시에 그 긴 시간은 "찰나"일

뿐인 시간이라고 말한다. 간절한 기다림의 시간은 순식간에 지나가는 것이다. 그것은 경험적 시간으로 현실적으로는 존재하지 않지만 주관적으로는 존재하는, 그리고 언제든 실현될 수 있는 잠재적 시간이자 실제적 시간이다. 이시간 의식으로 인해 시인이 거주하는 '자기 세계'는 현실 세계에 존재하는 유토피아인 헤테로토피아가 되는 것이다.

번번이 놓쳐 버린 지난날의 나와 사랑, 결핍, 또는 상실 등으로 수놓인 여정을 거치면서 시인이 만들어간 또 하나의 현실, '자기 세계'는 변별적 시간성을 끌어들여 새롭게 창조한 세계이다. 이는 전환된 현실, 또는 가능한 잠재태의 현현이어서 존재하지 않지만 존재하는 것이 불가능하지만은 않은 세계인 것이다. 이렇게 시인이 구축한 '자기 세계'의 시간은 구름이 갖고 있는 시간처럼 '불가능한 것이 가능해지는 시간'이다.

빵 냄새가 나요 아니 꽃이 뭉개지고 있어요 아니 뾰죽한 암술이 고양이 수염을 닮았네요 야옹 소리 들리지 않아 얌전한 부뚜막인 줄 알았죠 어디서 칼과 도마가 나타났을까요 머리와 꼬리가 잘려 나가고 번지는 핏빛 개와 늑대의 시간 불그스름한 치마 속 가랑이가 부풀어요 목소리도 바뀌어 쇠고기 사주세요 자주 바뀌는 낮, 낮이 환해 밤은 득시글하죠 안심스테이크 안심되나요 와인과 달빛을 오려서 붙여 넣으면 쥐도 새도 모르나요 그림자들이 마스크를 쓴 짐승처럼 엎드려요 이 풍경에서 나만 사라지면 될까요 너

무 멀지 않고 너무 가깝지 않은 거리는 얼마쯤인지 하늘은
다 지켜보고 있지요 말의 화살이 심장을 통과해 알 수 없
는 곳으로 뒹굴어요 믹서기에 몸이 끼는 거 같아요 후두두
위이이 빗발치는데 칫솔질을 하고 나는 입을 다물어요 다
물어요 입을

—「구름의 시간」 전문

위 시는 "구름"이 갖고 있는 "시간"에 따라 세계를 바라보
고 있다. 그 시간 사이에 존재하는 것들의 양태는 존재 형
태의 구분이 순간적으로 무화되고 갑자기 전혀 다른 모습으
로 변전하기도 한다. 이러한 시간을 시인은 쉽게 흘려버리
지 않는다. "칫솔질을 하고 나는 입을 다물어요"라며 말은
불필요하다는 인식과 함께 이 시간 속에서 벌어지는 일들
을 내버려 둘 뿐이다. "구름의 시간"은 시뮬라크르의 세계
에 흐르는 잠재성의 시간이다.

이번 세 번째 시집에서 시인 역시 시간에 대한 인식을 중
요하게 다루고 있다는 것을 알 수 있다. 그것은 위의 시「구
름의 시간」을 시집 맨 처음에 배치하고 아래 인용하는 시를
맨 끝에 배치하고 있는 의도에서 드러난다.

비록은 가야 왕국의 연인이 되는 말
물드는 아우라를 순장하는 말
부치지 못한 편지
먹이 찾아 마을로 내려온 고라니의 발자국과 울음소리

양어미가 친어미 역할을 하고

연기 덮어 재가 되는 말

돌멩이니 생채기니

물처럼 흐르는 관계들

오달진 정리情理

비뚤배뚤한 글씨로 답장을 보낸다

건더기가 없는 물긋한 죽

끓인 정성을 삼키는 야광조개국자

벽과 문 사이 경첩에 그려진 나비

가슴골 사이로 날아간다

비록이라는 말, 말

—「비록」전문

'비록'의 사전적 의미는 두 가지가 있는데 그 하나는 주로 '-ㄹ지라도' '-지마는' 따위와 함께 쓰여, 뒤 문장과 내용이 다르거나 반대되는 양보절을 이끄는 말이고 다른 하나는 '세상에 공개되지 않은 중요한 기록, 또는 비밀스러운 기록'이다. 위 시는 이 두 가지 의미를 중의적으로 쓰고 있다. 첫째 의미의 '비록'이라는 관점으로 볼 때 "가야 왕국의 연인" "아우라" "부치지 못한 편지" "관계들" 등등은 지금은 그렇지 않지만 과거엔 그러했다거나 반대로 과거엔 그러했지만 지금은 그렇지 않다는 대조적 시간의 상황으로 이해된다. 또 '비록'의 두 번째 의미로 볼 때 이러한 대조적 시간의 상황은 공개되지 않은 비밀스러운 기록으로 이해된다.

여기에 "답장"은 앞서 받은 것으로 보이는 "편지"에 대한 반대되는 내용이거나 비밀스러운 기록이라는 두 가지 의미를 내재하고 있다.

"비록이라는 말"이 갖는 두 가지 의미는 모두 잠재적 시간을 이끌어낸다. 예를 들어 위 시의 첫 행은 '비록 지금은 아니지만 과거에는 "가야 왕국의 연인"이었다'라는 잠재적으로 존재하는 시간을 발생시킨다. 또 비밀스러운 기록으로서의 "답장" 역시 감춰진 시간이 갖는 잠재성을 유발시킨다. 이처럼 박수빈 시인은 잠재성의 시간이 흐르는 시뮬라크르로서의 '자기 세계'를 만들어놓았다.

박수빈 시인의 이번 세 번째 시집에서 '꽃'과 관련된 시어나 시상이 많이 나타나고 있는데 '꽃'이 갖고 있는 많은 상징성을 끌어들이고자 하는 시인의 심리를 엿볼 수 있다. 그래서인지 시에서 구축하고 있는 '자기 세계'에는 '꽃'의 관념이 스며있지 않나 하는 생각도 드는 것이다. '꽃'처럼 아름답고 감성적인 세계, 꽃이 지듯 곧 사라져버릴 것만 같은 세계, 그러나 조건이 맞으면 언제든 실현될 수 있는 잠재성의 시간이 흐르는 실존의 세계. 이것이 박수빈 시인의 감각과 욕망으로 직조된 시의 세계이다. 경이로운 것은 이 세계를 추구하면서 박수빈 시인은 결코 지쳐 보이지 않는다는 것이다. 오히려 단단해 보이고 더더욱 그윽해 보인다.

이 '자기 세계'는 아직 미완이다. 시인은 '자기 세계'를 만들고 그곳에 진입하고자 애를 쓰다 무리하거나 서두르기도 한다. 어떤 경우에는 찬찬히 드러내지 않고 섣불리 표출하

기도 한다. 그러나 이미 시인의 '자기 세계'는 우리에게 실체를 드러내었다. 이제부터는 이 '자기 세계'를 완벽에 가깝게 마감하고 그것이 얼마나 멋진 세계인가를 보여 줄 일이 남았다. 지난날은 묻어두고 지금, 여기를 펼쳐낼 일이 남았다.